Couvertures supérieure et inférieure
en couleur

COUVERTURES SUPERIEURE ET INFERIEURE D'IMPRIMEUR.

Ibrahim

vant l'usage établi, durant les offices, au moment de l'*Elévation*, de la *Bénédiction* et pendant le chant du *Magnificat* et du *Te Deum*.

3°. **Les Messes hautes et basses** qui seront célébrées dans le cours de la semaine ;

4°. **Les processions d'usage**, les catéchismes, les instructions et les cérémonies du soir.

5°. **Les baptêmes**, les premières communions, les mariages, l'administration des malades, les enterrements et services funèbres, en se conformant aux tarifs et aux règles ou usages du Diocèse.

6°. **La veille des grandes solennités** de l'Eglise et le jour même de la Fête, aux heures de l'*Angelus*.

En temps d'épidémie, le Maire pourra, avec l'autorisation du Préfet, faire suspendre la sonnerie pour les cérémonies funèbres.

IBRAHIM

In-12 3me Série

La haine populaire le poursuivait

CAPITAINE MARRYAT

IBRAHIM

TRADUIT DE L'ANGLAIS

PAR

RAOUL BOURDIER

LIMOGES

Marc Barbou et Cie, Imprimeurs-Libraires

Rue Puy-Vieille-Monnaie

IBRAHIM

I

Ce fut pendant l'année 1656, qu'on commença à voir paraître les quakers sur le sol de la Nouvelle-Angleterre. Ces hérésiarques arrivaient en foule poussés par une sorte de fatalité qu'ils appelaient eux-mêmes le souffle de l'Esprit. Cependant leur réputation les avait devancés ; on les redoutait dans ce pays comme des fanatiques dangereux, et des mesures avaient été prises par les puritains pour arrêter l'invasion et les progrès de la nouvelle secte. Mais quelque rigoureuses que fussent ces mesures, elles se trouvèrent sans force et sans puissance contre la marche des événements et surtout contre le courant des idées. Dans leur enthousiasme religieux les quakers considéraient la persécution comme une voix divine qui les appelait au poste du danger, et à laquelle ils obéissaient avec un courage et une persévérance. qui étonnaient les puritains, bien que ceux-ci eussent eux-mêmes précédemment souffert la persécution au point d'être contraints de s'expatrier et d'aller chercher dans les solitudes du nouveau monde un lieu désert où il leur fût permis de se livrer en paix à la pratique de leur religion.

Par une singulière coïncidence d'opinions toutes les nations de la terre s'étaient déclarées contre les nouveaux religionnaires ; mais nulle part l'acharnement n'était plus grand contre ceux qui faisaient profession d'aimer le genre humain que dans les provinces de la baie de Massachusets ; nulle part le danger n'était plus fort pour eux, et pour cette raison précisément cette contrée était devenue pour ces enthousiastes un lieu de prédilection, une sorte de terre promise.

Les amendes, les emprisonnements, le supplice du fouet leur étaient prodigués. La haine populaire et la réprobation générale les poursuivaient de toutes leurs aveugles fureurs, qui furent si grandes à cette époque que plus d'un siècle après la persécution elles n'étaient pas entièrement éteintes, et qu'on en retrouvait encore des traces profondes dans l'esprit de plus d'un habitant de la Nouvelle-Angleterre. Mais c'était là pour les quakers autant de motifs d'attraction. La certitude de la tranquillité, des honneurs et des richesses n'eût pas agi plus puissamment sur des hommes animés de l'esprit du siècle que ne le faisait la persécution sur le cœur exalté de ces fanatiques. Chaque navire qui arrivait d'Europe jetait sur la terre de la Nouvelle-Angleterre des cargaisons de ces religionnaires tout

1.

disposés à braver l'oppression qu'ils étaient venus chercher de si loin, et s'il arrivait que les propriétaires des navires, effrayés des amendes qu'ils encouraient en les conduisant dans les ports de cette contrée refusassent de les transporter jusque-là, ces malheureux n'hésitaient pas à entreprendre les voyages les plus longs et les plus périlleux à travers les pays indiens, pour gagner cette terre ennemie vers laquelle ils semblaient entraînés par un pouvoir surnaturel.

Les traitements rigoureux dont ils étaient l'objet ne tardèrent pas à changer leur enthousiasme en délire et à les pousser à des actes aussi contraires à la décence qu'à l'esprit même de leur propre religion, actes dont le récit contrasterait singulièrement avec les habitudes de calme et de dignité qui forment le caractère principal des quakers de nos jours. Sous prétexte d'obéir au commandement de l'esprit qui parlait en eux, ils en étaient venus à des excès si absurdes et si inconvenants que le supplice du fouet paraissait un châtiment trop doux; c'était tout au moins un correctif insuffisant, car les extravagances allèrent toujours en augmentant jusqu'en 1659. La persécution, qui en était à la fois et la cause et la conséquence, augmentait dans la même progression, et à l'époque que nous venons d'indiquer le gouvernement de la baie de Massachusets prit la détermination violente de frapper un grand coup pour effrayer les incorrigibles enthousiastes, et se décida à décerner la couronne du martyre à deux des plus ardents sectateurs de la nouvelle doctrine.

Il y a sans doute une tache de sang sur les mains de tous ceux qui consentirent à cet acte de barbarie; mais la part la plus large de cette terrible responsabilité doit retomber sans contredit sur la mémoire de celui qui était alors à la tête du gouvernement. C'était un homme d'esprit étroit et d'éducation manquée, qu'une dévotion inintelligente mêlée à des passions haineuses poussa dans la voie de la persécution, et qui employa dans des circonstances toute son influence et toute son autorité pour envoyer à la mort les malheureux sectaires dont il s'était en toute occasion montré l'ennemi le plus acharné. Les sentiments de vengeance que les quakers éprouvèrent contre cet homme et contre leurs autres persécuteurs furent d'autant plus violents qu'ils furent contraints à cette époque de les ensevelir au fond de leur cœur. Mais plus tard ils vouèrent à l'exécration la mémoire de leurs bourreaux, et leurs historiens racontent que par une juste réprobation du ciel toute la terre aux environs de Boston, — la ville du sang, comme ils l'appellent, — fut frappée de stérilité et devint pendant plusieurs années incapable de produire un seul grain de blé pour avoir reçu dans son sein la dépouille mortelle de leurs odieux persécuteurs, qui, assurent les mêmes historiens, moururent tous de mort subite et violente; à l'exception toutefois du cruel gouverneur,

qui ne succomba qu'après une longue et
affreuse maladie pendant laquelle son corps
fut détruit lambeaux à lambeaux par les
vers et par les ulcères.

II

Le soir du jour d'automne qui avait vu
s'accomplir le supplice des deux quakers
martyrs, un colon apppartenant à la secte
des puritains partit de la ville pour regagner
sa demeure, située dans une campagne des
environs. L'air était froid, le ciel était pur,
et les dernières lueurs du crépuscule étaient
encore rehaussées par l'éclat de la nouvelle
lune, qui commençait à s'élever au dessus
du niveau de l'horizon. Le voyageur, homme d'un âge déjà mûr, était enveloppé dans

un grand manteau gris ; quand il eut dépassé les limites extérieures de la ville il doubla le pas, car il lui restait encore quatre grands milles à faire sur une route peu fréquentée, le long de laquelle on rencontrait à peine quelques rares maisons aux toits bas et couverts de chaume. Il lui fallait aussi traverser plusieurs bouquets de bois épais qui se rencontraient encore à peu de distance de la ville à cette époque où les défrichements les plus anciens ne remontaient pas au delà de trente ans. Les feuilles des arbres volaient çà et là arrachées de leurs branches par le souffle du vent d'automne ; les pins seuls étaient épargnés. Et l'on eût dit à entendre le sifflement plaintif de la brise que ce n'était qu'à regret et en gémissant qu'elle accomplissait son œuvre fatale de destruction.

Le voyageur était déjà engagé dans le massif de bois qui se trouvait le plus rapproché de la ville, et il allait déboucher dans une clairière qui s'ouvrait à quelques pas devant lui, quand ses oreilles furent tout d'un coup frappées par un son si lamentable qu'il était impossible de croire que ce fût le bruit du vent. Ce son ressemblait au gémissement d'une personne en détresse et paraissait sortir de dessous un grand sapin solitaire qui s'élevait au milieu d'une vaste lande inculte et abandonnée. Le puritain ne put se défendre d'un premier mouvement de crainte en s'apercevant que ce gémissement partait du lieu même qui avait été souillé quelques heures auparavant par l'exécution des deux quakers, dont les corps avaient été jetés ensemble dans une fosse creusée à la hâte au pied de l'arbre qui avait servi d'instrument pour leur supplice. Il parvint cependant à dominer les terreurs superstitieuses qui appartenaient à son siècle et à se rendre assez maître de lui-même pour s'arrêter et écouter.

Les gémissements continuaient toujours :

— Cette voix, se dit le puritain, ressemble à une voix humaine ; et puis, après tout,

quand il en serait autrement, que puis-je
avoir à craindre? Et tout en raisonnant
ainsi, il cherchait à distinguer les objets à
l'aide de la pâle clarté de la lune. Il me
semble, continua-t-il, que c'est une voix
d'enfant. Peut-être est-ce en effet quelque
enfant qui aura égaré sa mère et que le
hasard aura conduit dans ce lieu funèbre.
Pour le repos de ma propre conscience, il
faut que j'éclaircisse le fait.

En même temps il se détourna de sa route
et s'avança, non sans un reste de terreur
dont il ne pouvait entièrement se dégager,
vers l'endroit d'où venaient les cris. Le
champ qu'il lui fallait traverser était maintenant désert, mais quelques heures auparavant il avait été rempli par une foule cu-
rieuse et avide d'émotions qui était venue
là pour assister au triste spectacle de la
journée et qui, le drame terrible achevé,
s'était écoulée en laissant les morts à leur
triste solitude. Au bout de quelques instants
le voyageur avait atteint l'énorme sapin

dont les branches entrelacées étendaient au loin leur ombre épaisse. C'était-là que l'œuvre de mort avait été accomplie.

Sous l'arbre maudit, auquel la tradition devait plus tard attribuer une sève empoisonnée, se trouvait l'être dont les gémissements avaient attiré le voyageur. C'était un enfant de frêle apparence, vêtu de blanc et qui, le visage appuyé sur un monceau de terre fraîchement remuée, pleurait amèrement tout en cherchant cependant à étouffer les sanglots dont il paraissait craindre d'être puni comme d'un crime. Le puritain, de l'approche duquel l'enfant ne s'était point aperçu, lui posa la main sur l'épaule, et lui adressant la parole avec bonté :

— Vous avez choisi un bien triste logement, mon pauvre enfant, lui dit-il, et je ne m'étonne pas si vous pleurez ; mais séchez vos yeux et dites-moi où demeure votre mère ; je vous promets que si la distance n'est pas trop éloignée, je vous conduirai cette nuit même dans ses bras.

L'enfant à ces mots, cessa ses cris et leva la tête vers l'étranger. Sa figure pâle et belle n'annonçait pas plus de six ans, quoique le chagrin, la crainte et le besoin en eussent altéré le caractère enfantin. Le puritain en voyant ce regard effrayé et en sentant sous sa main le tremblement qui agitait la pauvre créature s'efforça de la rassurer.

— Vraiment, mon petit ami, reprit-il, si j'avais cru vous faire peur je ne serais pas venu vous trouver. Comment! vous ne craignez pas de vous abriter sous l'ombre d'un gibet et de vous reposer sur une tombe, et vous voilà maintenant tout tremblant au contact d'une main amie. Allons, prenez courage, mon enfant, et dites-moi votre demeure.

— Ami, répliqua l'enfant d'une voix douce et émue, mon nom est Ibrahim et ma demeure est ici!

Le visage pâle et intelligent de cet enfant, ses yeux qui reflétaient la lumière de la lune, sa voix douce et sonore, son nom étranger, tout porta d'abord le puritain à croire qu'il avait affaire à quelque apparition surnaturelle sortie de la fosse sur laquelle elle était assise. Mais l'apparition résistait à la prière qu'il venait de réciter mentalement, et d'ailleurs le bras qu'il avait touché était celui d'une créature vivante, et il commença alors à faire des suppositions un peu plus raisonnables. Le pauvre enfant a sans doute perdu l'esprit, pensa-t-il, mais les paroles qu'il vient de prononcer sont effrayantes en pareil lieu.

Entièrement rassuré par cette dernière supposition, il reprit la parole en essayant d'entrer dans ce qu'il croyait être la folie de l'enfant:

— Votre demeure sera peu confortable Ibrahim; cette nuit d'automne est froide et je crains que vous n'avez besoin de manger, je vous offre un bon souper et un bon lit, et si vous voulez me suivre vous aurez bientôt l'un et l'autre.

— Je te remercie, ami, mais quoique j'aie

bien faim et bien froid, je ne puis accepter ni ton souper ni ton asile, répondit l'enfant de cette voix grave que le malheur et le chagrin lui avaient donnée en dépit de sa jeunesse. Mon père était un de ceux que tout le monde semble haïr. Ils l'ont placé sous ce monceau de terre, et c'est là que doit être ma demeure.

La puritain qui avait pris la main d'Ibrahim, la repoussa à ces mots comme s'il eût touché quelque odieux reptile; mais il possédait un cœur compatissant que les préjugés religieux eux-mêmes ne pouvaient changer en rocher. Ce sentiment de répulsion ne fut pas de longue durée.

— Dieu me préserve, se dit-il bientôt à lui-même, de laisser périr cet enfant quoique ce soit le rejeton d'une souche maudite! Eh! ne sortons-nous donc pas tous d'une source impure, et ne sommes-nous pas tous condamnés aux ténèbres jusqu'au jour où la lumière vient nous éclairer! Non, cet enfant ne périra ni dans son corps si je

puis le secourir, ni dans son âme si la prière et une éducation chrétienne peuvent le
sauver. Puis, s'adressant au petit Ibrahim,
qui venait de coller de nouveau son visage
sur la terre humide de la fosse, il lui dit d'un
ton plein de douceur et de compassion:

— Toutes les portes sont donc fermées
pour vous, mon enfant, que vous êtes venu
demander un refuge à ce lieu de désolation?

— Ils m'ont jeté hors de la prison quand
ils sont venus chercher mon père, répliqua
l'enfant, je les ai suivis de loin, car il m'était
impossible d'approcher à cause de la foule
qui l'entourait, puis, quand tout le monde a
été parti, je suis venu ici et je n'y ai plus
trouvé que cette tombe; j'ai compris que
mon père dormait là dessous, et je me suis
dit: C'est là ma demeure.

— Non, pauvre petit! tant que j'aurai un
toit et un morceau de pain à partager avec
vous, s'écria le puritain, dont les sympa-
thies étaient maintenant excitées au plus
haut point, non, levez-vous et venez avec
moi, vous n'avez rien à craindre.

L'enfant se remit à sangloter et se rejeta sur la fosse comme pour exprimer qu'il n'y avait pas au monde d'autre asile pour l'orphelin que le cœur refroidi qui gisait sous ce monceau de terre. Cependant le voyageur continua à l'entretenir avec bienveillance et finit par lui inspirer par degrés assez de confiance pour que l'enfant se décidât à se lever. Mais ses petites jambes fléchissaient sous lui, sa tête éprouvait des vertiges, et il lui fallut pour ne pas tomber s'appuyer sur le tronc de l'arbre mort.

— Que vous paraissez faible, pauvre enfant! dit le puritain. Combien y a-t-il de temps que vous n'avez pris de nourriture?

— J'ai mangé un peu de pain et bu un peu d'eau avec mon père dans la prison, répondit Ibrahim, mais ils ne lui ont rien apporté ni hier ni aujourd'hui prétendant qu'il avait assez mangé pour atteindre le but de son voyage. Mais ne t'inquiète pas de cela pour moi, ami, car je sais supporter la faim, je l'ai déjà éprouvée tant de fois!

Le voyageur enveloppa l'enfant dans son manteau et l'enleva dans ses bras. Et tout en maudissant la cruauté gratuite de ses persécuteurs, avec l'indignation d'un cœur généreux, il prit la résolution inébranlable, quelques dangers que pussent en survenir pour lui, de ne pas laisser sans défense l'orphelin que le ciel lui-même semblait avoir remis à ses soins. C'est avec cette détermination bien arrêtée qu'il sortit du champ de malédiction et regagna la route, dont il s'était écarté, comme nous l'avons dit plus haut, en entendant les gémissements qui l'avaient conduit près d'Ibrahim. Le léger fardeau dont il était chargé ralentissait à peine sa marche, et bientôt il découvrit les rayons de lumière qui filtraient à travers les volets mal joints de sa maison.

Au milieu d'une vaste campagne cultivée avec soin s'élevait une petite colline dont un bois couronnait la cime; c'était là que le puritain, après bien des vicissitudes éprouvées, était enfin venu poser ses humbles pénates et demander à une terre étrangère le repos et la sécurité qu'il n'avait pas été assez heureux pour trouver dans le pays de ses aïeux.

— Regardez, mon enfant, dit-il en s'adressant à Ibrahim, dont la tête fatiguée reposait sur son épaule, regardez voici notre demeure.

Au mot *demeure* un frisson courut par tout le corps de l'enfant, qui cependant garda le silence. Quelques instants après on arriva à la porte de la maison. Le propriétaire y frappa. Car à cette époque reculée les sauvages pénétraient souvent dans les établissements des colons et il était indispensable de se servir de barres et de verrous pour mettre les maisons à l'abri de l'invasion de ces barbares. A cet appel répondit un esclave, qui, après s'être assuré de l'identité de son maître, lui ouvrit la porte et se mit à marcher devant lui en l'éclairant avec une branche de sapin enflammée qu'il tenait à la main. A la lueur rougeâtre de ce rustique flambeau le voyageur put bientôt distinguer le visage respectable d'une femme d'un certain âge assise devant le foyer ; mais il ne vit, hélas! aucun enfant accourir au devant de lui pour lui souhaiter la bienvenue et lui demander un baiser.

En entrant le puritain avait détaché son manteau et posé l'enfant en face de la femme dont nous venons de mentionner la présence.

— Tenez, Dorothée, lui dit-il, voici un petit proscrit que la Providence remet entre nos mains. Soyez bienveillante pour lui comme s'il était un des êtres chéris que nous avons perdus.

— Que cet enfant est pâle, mais qu'il est joli, Tobie! répondit la femme, c'est sans doute le fils de quelque pauvre chrétienne que les sauvages auront arraché de ses bras.

— Non, Dorothée, ce pauvre enfant n'est point un prisonnier des sauvages, ces barbares habitants du désert lui auraient du moins donné de quoi apaiser sa faim et sa soif, ce sont ses concitoyens hélas! qui l'ont proscrit et voué à la mort.

Alors Tobie raconta à sa femme comment il avait trouvé Ibrahim assis sous l'ombre du gibet et sur la fosse de son malheureux père, comment son cœur s'était ému à cette vue et comment il avait obéi à la voix de sa conscience en prenant le parti d'emmener le petit proscrit. Il lui fit part également de son projet de l'élever comme s'il était leur propre fils et de lui donner une instruction religieuse capable de détruire dans son jeune cœur les erreurs dont il avait été imbu dès le berceau.

A ce récit Dorothée se sentit émue d'une pitié plus tendre encore que celle qui animait son mari, et elle approuva sans restriction tout ce que celui-ci avait fait et tout ce qu'il avait l'intention de faire.

— Avez-vous une mère, cher petit? demanda-t-elle à Ibrahim.

A cette question les larmes de l'enfant coulèrent en abondance et l'empêchèrent pendant quelques instants d'articuler aucune parole. Enfin il put s'exprimer, et Dorothée comprit par ses discours naïfs que sa mère vivait encore, mais qu'elle était comme le reste de la secte, errante et persécutée. Il y avait déjà quelque temps qu'on l'avait tirée de prison pour la conduire dans le désert, où elle était destinée à mourir de faim et à devenir la proie des bêtes féroces. C'était le moyen le plus ordinairement employé pour se débarasser des quakers, qui se vengeaient de cette odieuse cruauté en répétant sans cesse qu'il y avait plus d'humanité chez les sauvages habitants de ces contrées incultes que chez des hommes qui se piquaient d'être civilisés et de pratiquer une religion.

— Rassurez-vous, cher petit, dit la bonne Dorothée après avoir entendu le récit d'Ibrahim, vous avez trouvé une mère qui vous aimera bien, je vous assure. Séchez vos larmes, car désormais vous serez mon fils et c'est moi qui serai votre mère.

L'enfant avait pris quelque nourriture, il

était temps qu'il se reposât. L'excellente femme prépara pour lui le petit lit dans lequel tous ses propres enfants avaient dormi successivement avant d'aller dormir dans leur couche éternelle. Elle voulut y placer son fils adoptif, mais Ibrahim n'y consentit qu'après s'être agenouillé par terre et avoir récité une simple et touchante prière que Dorothée ne put entendre sans s'étonner que le père et la mère qui la lui avaient apprise essent été jugés dignes du dernier supplice. Quand l'enfant fut couché et endormi, elle se pencha sur son pâle et beau visage, posa doucement un baiser sur son front pur, ramena les couvertures jusque sous le menton du jeune dormeur, puis se retira avec précaution sur la pointe du pied, emportant dans son cœur la pensée la plus douce et la plus consolante qui l'eût émue depuis longtemps.

Tobie Pearson, le mari de Dorothée, ne figurait pas au rang des habitants de la colonie, il était au contraire demeuré en Angleterre pendant les premières années de la guerre civile et il avait à cette époque servi sous Cromwell en qualité d'enseigne dans un régiment de dragons. Mais quand il fut devenu impossible de se méprendre sur les desseins ambitieux du général, il avait quitté l'armée du parlement et s'était décidé à venir chercher dans la colonie du Massachusets une retraite où il pût sans danger au milieu des siens demeurer fidèle à sa foi politique et religieuse. Des considérations d'une autre nature l'avaient peut-être également poussé à cette détermination. La Nouvelle-Angleterre était à cette époque non seulement un lieu de refuge pour les religionnaires mécontents, mais encore un pays de grandes ressources pour les gens maltraités par la fortune. Et il n'était pas impossible que Pearson eût vu dans cette émigration un moyen de subvenir plus facilement qu'en Angleterre aux besoins de sa nombreuse famille. C'était là sans doute un motif avouable. Cependant dans leur zèle outré quelques puritains exa-

gérés le traitaient d'impur, et il regardaient
la mort qui avait frappé les enfants de Pearson comme le juste châtiment de ce qu'ils appelaient l'attachement coupable de leur père
pour les biens périssables de la terre. Les
pauvres enfants, en effet, étaient partis de
leur pays natal frais comme la rose du prin-
temps, et comme la rose aussi ils s'étaient
flétris et fanés sur le sol d'une terre étrangère. Tous étaient morts les uns après les autres. Ces puritains exaltés, sévères interprè-
tes des desseins de la Providence, qui
avaient jugé leur frère avec tant de rigueur
et n'avaient pas craint d'attribuer à son péché
la cause première de ses malheurs domestiques, ne pouvaient pas se montrer plus disposés à l'indulgence envers lui et Dorothée
quand ils les virent essayer de remplir le vide
de leur maison et de leur cœur par l'adoption d'un enfant appartenant à la secte maudite. Aussi ne se firent-ils pas faute de témoigner leur désapprobation à Tobie; mais
celui-ci pour toute réponse se contentait de

leur montrer le jeune et charmant orphelin, dont la physionomie, pleine de grâce et de candeur, était sans contredit le meilleur argument qu'on pût faire valoir en sa faveur. Cette beauté prévenante finissait presque toujours cependant par devenir funeste à l'aimable enfant; car ces implacables fanatiques, dont le cœur de bronze s'était laissé toucher un instant par le charme innocent de l'enfance, reprenaient vite leur stoïque rigueur et ne manquaient pas de mettre sur le compte de quelque pouvoir surnaturel et diabolique le mouvement d'attendrissement dont ils n'avaient pu se défendre à la vue de l'innocente créature.

Leur antipathie naturelle pour le fils du quaker ne tarda pas à s'augmenter encore par le peu de succès qu'obtinrent les discussions théologiques, qu'ils n'épargnèrent pas au pauvre enfant dans le but de le convaincre des erreurs de sa secte. Ibrahim n'était pas sans doute un controversiste bien redoutable; mais les sentiments religieux qu'on

lui avait inspirés dès le berceau avaient pris
dans son âme la force d'un instinct, et rien
ne pouvait le décider à abandonner ou a re-
nier la foi dans laquelle il était né et pour le
triomphe de laquelle son père avait coura-
geusement souffert le dernier supplice. Bientôt la haine de ces fanatiques rejaillit jusque
sur les protecteurs de l'enfant. Tobie et sa
femme s'aperçurent qu'il n'y avait plus pour
eux que de la froideur dans les regards de
ceux qu'ils avaient considérés jusque-là
comme leurs meilleurs amis, et qu'ils étaient
devenus de la part de tout le monde l'objet
d'une sorte de persécution, persécution oc-
culte d'abord, mais qui n'en était pas moins
difficile à supporter pour n'être pas encore
ouvertement déclarée. Ceux qui n'étaient pas
aussi liés avec eux y mettaient d'ailleurs
beaucoup moins de mesure, et commençaient
à leur témoigner une animosité à laquelle il
était impossible de se méprendre plus
longtemps. Ainsi Pearson, qui jouissait d'une
certaine considération dans la colonie, et

qui était membre de la cour générale et lieutenant breveté dans la milice, s'était vu
accueilli en public par des sifflets huit jours
après l'introduction d'Ibrahim dans sa demeure. Une autre fois, pendant une promenade solitaire dans le bois avoisinant sa maison, il avait entendu les paroles suivantes
prononcées par une voix invisible:

— Que fera-t-on de l'apostat? Patience!
voici qu'on prépare pour lui l'instrument de
flagellation, un beau fouet qui n'aura pas
moins de neuf cordes, et dont chaque corde
aura trois nœuds.

Ces insultes et beaucoup d'autres du même genre non seulement irritaient sur l'instant le caractère bouillant de Pearson, mais
encore pénétraient jusqu'au fond de son
cœur et y déposaient peu à peu un levain
d'amertume et de haine qui devait plus tard
le pousser à des extrémités sur lesquelles il
n'osait même pas alors arrêter ses plus secrètes pensées.

III

Le second dimanche après qu'Ibrahim fut ainsi devenu membre de leur famille, Pearson et sa femme jugèrent qu'il était convenable de le conduire publiquement à l'église protestante. L'enfant avaient d'abord opposé quelques répugnances, mais il s'était bientôt résigné en silence ; et à l'heure indiquée pour le service il était prêt à partir et couvert d'un vêtement de deuil, que Dorothée lui avait préparé pour cette circonstance.

L'église où l'on devait conduire Ibrahim était alors dépourvue de cloches et devait longtemps encore être privée de ce luxe ; aussi c'était au bruit du tambour qu'on appelait les fidèles à la prière et qu'on donnait le signal des exercices religieux. Aux premiers sons de l'instrument guerrier Tobie et Dorothée sortirent de leur demeure en tenant chacun une main du petit Ibrahim, comme auraient pu le faire un père et une mère pour l'enfant chéri de leur mutuel amour. Sur leur chemin de l'église ils rencontrèrent plusieurs de leurs connaissances, qui sans exception affectèrent de les éviter en détournant la tête en passant d'un autre côté. Cependant ils avaient descendu la colline et approchaient de la maison de la prière, simple et rustique construction de bois. C'était là que les attendait la plus rude épreuve. Devant la porte de l'église, autour du tambour dont les roulements continuaient avec une énergie toujours croissante, se tenait une redoutable phalange composée de quelques doyens d'âge de la paroisse, de plusieurs hommes d'un âge mûr et de presque tous les jeunes garçons de l'endroit. Pearson parut d'abord hésiter à affronter tant de regards désapprobateurs ; mais cette hésitation ne dura qu'un instant, après lequel il suivit bravement Dorothée, qui, forte de sa conscience, avait continué sa marche en se contentant seulement de serrer davantage la main du petit être placé sous sa protection. Au moment où ils franchirent le seuil de la porte du lieu saint, un long murmure s'éleva de la foule, et des huées parties d'un groupe d'enfants vinrent frapper les oreilles d'Ibrahim, qui ne put retenir ses larmes.

L'église offrait à l'extérieur l'aspect d'une simplicité rude et grossière. La toiture était basse, les murs n'était point crépis, aucun plafond ne cachait la charpente, aucune draperie n'ornait la chaire, en un mot on ne voyait dans ce lieu aucune décoration. La plus grande partie de l'église était occupée par de nombreuses rangées de bancs. Un des bas côtés séparé par une cloison était réservé aux femmes, et l'entrée en était sévèrement interdite aux personne de l'autre sexe excepté pourtant aux enfants au dessous d'un certain âge.

Pearson et sa femme se séparèrent à la porte même du lieu saint, et Ibrahim, en raison de sa grande jeunesse, suivit sa mère adoptive dans l'enceinte réservée aux femmes. A son approche les assistantes se serrèrent avec un mouvement de dégoût dans leurs longues pelisses, les filles elles-mêmes semblèrent craindre d'être souillées par son contract, et il y eut aussi quelques puritains exaltés qui jetèrent à l'aimable enfant par dessus la balustrade de séparation des regards pleins de courroux, comme pour lui reprocher de profaner le sanctuaire par sa présence. Pauvre ange, qui avait quitté la céleste demeure pour venir sur cette terre dont les misérables habitants lui disaient en l'insultant : « Retire-toi, car nous sommes plus purs que toi ! »

Ibrahim s'était assis à côté de Dorothée, dont il n'avait pas lâché la main. Sa contenance grave et décente révélait une intelli-

.3

gence au dessus de son âge ; c'était celle d'un homme bien élevé qui se trouvant dans un temple dédié à un autre culte que le sien comprend cependant la nécessité de s'y conduire avec convenance et respect. Les exercices pieux n'étaient pas encore commencés quand l'attention de l'enfant se trouva tout à coup fixée par un événement en apparence du plus minime intérêt : une femme, le visage entièrement caché sous un voile épais et le corps couvert d'une grande pelisse, venait d'entrer dans l'enceinte réservée aux personnes de son sexe et de prendre place sur le premier banc. A cette apparition, Ibrahim avait changé de couleur, un tremblement nerveux s'était emparé de tout son corps, et ses yeux semblaient attachés sur cette femme par une force surnaturelle et invincible.

Cependant la prière préliminaire était terminée et les hymnes étaient chantés quand le ministre se leva et commença son discours après avoir placé le sablier sur la

grande Bible. Ce ministre était un homme
déjà vieux, au teint pâle, au visage amaigri,
aux cheveux gris, qui avait appris par lui-
même dans sa jeunesse ce que c'était que la
persécution, et qui semblait tout disposé à
pratiquer aujourd'hui contre d'autres infor-
tunés les rigueurs dont il avait souffert dans
son temps, et à renouveler les proscriptions
de l'archevêque Laud qu'il avait jadis mau-
dites et détestées. Son prône roula principa-
palement sur les quakers, sujet inépuisable
de ses dissertations. Il fit l'histoire de cette
secte, exposa les principaux points de leur
doctrine, en révéla les erreurs, et s'efforça
de faire ressortir le préjudice que de pareils
principes faisaient éprouver à la propagation
de la foi et de la religion réformée. Il rendit
compte des nouvelles mesures qui venaient
d'être prises dans la province, approuva
hautement les rigueurs du gouvernement,
qu'il appela les justes sévérités de magistrats
animés de la crainte de Dieu, et entretint
longuement ses auditeurs des dangers de la

piété : vertu sans doute recommandable et chrétienne dans certains cas, mais qu'il fallait bien se garder d'exercer envers les fauteurs d'une secte aussi pernicieuse. Il termina en assurant que ces religionnaires était si obstinés dans leurs erreurs que les petits enfants et même les bambins à la mamelle étaient des hérétiques endurcis et désespérés, et qu'aucun homme ne devait tenter leur conversion sans une autorisation spéciale du ciel et sous peine de se trouver entraîné lui-même au plus profond de l'abîme par la main qu'il leur aurait imprudemment tendue pour les retirer du précipice.

Le sable de la seconde heure était déjà presque entièrement passé dans le récipient inférieur quand l'orateur cessa de parler. Un murmure d'approbation suivit ces exhortations, et le ministre, après avoir entonné un nouveau psaume et s'être assis au milieu des félicitations générales, se disposait à lire sur le visage de ses auditeurs l'effet produit par son éloquence, lorsque de sourdes rumeurs parties de tous les points de l'église vinrent fixer ailleurs son attention.

Il se passait alors dans lieu saint de ces scènes qui n'étaient pas rares à cette époque dans la province de Massachusets, mais qui se trouvait cependant sans antécédents dans la paroisse où nous avons conduit le lecteur.

La femme voilée, qui jusqu'à ce moment était demeurée immobile au premier rang de l'auditoire, venait de se lever de sa place et de se diriger vers la chaire, dont elle montait les degrés d'un pas lent mais assuré. Les chants religieux avaient tout d'un coup cessé à cette vue, et le ministre lui-même demeurait dans le silence de la stupéfaction en considérant avec une sorte de terreur cette femme inconnue qui déjà touchait la porte de la chaire et se disposait à prendre possession de la place élevée d'où il venait lui-même quelques instants auparavant de fulminer ses malédictions et ses anathèmes.

L'étrangère, qui avait quitté sa grande

pelisse et relevé son voile se montrait à l'assistance dans l'appareil le plus bizarre. Une
robe informe de grosse toile à sac la couvrait depuis le cou jusqu'aux pieds et se
rattachait autour de sa taille à l'aide d'une
corde nouée qui lui servait de ceinture. Ses
cheveux épars tombaient sur ses épaules, et
c'était à peine si l'on pouvait distinguer la
couleur noire qui leur était naturelle sous
l'épaisse couche de cendre dont elle s'était couvert la tête. Des sourcils noirs fortement pro-
noncés faisaient encore ressortir la pâleur
cadavéreuse de son visage, dont les traits
amaigris par le besoin et bouleversés par
l'exaltation du désespoir et des sentiments
religieux ne conservaient plus aucune trace
de leur première beauté. Cette lugubre apparition dardait son œil de feu sur l'auditoire,
et la crainte superstitieuse qu'inspiraient son
aspect sinistre et son action était si grande
que chacun demeurait dans l'immobilité et
le silence, et que ce n'était pour ainsi dire
plus que par une sorte de frémissement in-

volontaire que la vie se trahissait encore au sein de la foule sur laquelle planait son regard.

Arrivée au bout de la chaire, l'inconnue demeura quelque instants sans rien dire ; mais bientôt l'inspiration sembla s'emparer d'elle, et l'étrange créature commença à parler. D'abord sa voix fut basse et les accents monotones n'en parvinrent qu'indistinctement aux oreilles de l'assemblée, mais peu à peu le geste et la parole s'animèrent et l'on put entendre facilement ce qu'elle disait. Son discours dénotait évidemment une exaltation poussée jusqu'au délire et un esprit que la raison semblait avoir abandonné pour toujours. C'était une rapsodie de paroles vagues et sans suite qui cependant ne laissaient pas d'impressionner vivement l'auditoire, tant il paraissait y avoir de rapports entre ses paroles et l'état de l'âme de celle qui les prononçait. A mesure que le discours avançait, des images sublimes mais vaporeuses se pressaient en foule

et sans ordre semblables aux lingots d'un
métal brillant qu'on apercevrait par intervalles dans les ondes d'un torrent bourbeux.
Des idées puissantes mais exprimées d'une
façon bizarre venaient à chaque instant
émouvoir le cœur et frapper l'intelligence.
Mais bientôt le cours de cette éloquence
fantasque amena l'orateur à parler des persécutions dont sa secte était l'objet ; de là
au récit de ses propres douleurs il n'y avait
qu'un pas, elle l'eut bientôt franchi.

Celle qui captivait l'attention générale était
une femme douée par la nature de passions
fortes et énergiques, que la haine des persécuteurs et l'excès de ses propres misères
exaltaient et poussaient presqu'à la folie.
Des sentiments de vengeance inassouvis se
cachaient chez elle à son insu même sous
l'extérieur de l'enthousiasme religieux, et
c'étaient ces derniers sentiments qui se faisaient enfin jour et se manifestaient à l'auditoire par des images devenues plus distinctes, quoique toujours empreintes de mysti-

cisme, et par des imprécations pleines d'amertume et de colère.

—Le gouverneur et les principaux du pays se sont réunis, disait-elle, pour se consulter entre eux, et ils se sont dit les uns aux autres: *Que ferons-nous de ce peuple qui est venu dans ce pays pour nous faire rougir de nos iniquités?* Et pendant qu'ils délibéraient le démon est rentré dans la chambre du conseil, sous la figure d'un homme petit et contrefait, au visage sombre et basané, aux yeux brillants d'un éclat infernal; et il s'est avancé aux milieu de ceux qui pesaient la destinée du peuple de Dieu, et en vérité, je vous le dis, il est allé de place en place, parlant bas à l'oreille de chacun d'eux, et tous ont entendu ses paroles et obéi à ses ordres; car ses ordres étaient: *Tuez! tuez!* Mais, je vous le dis en vérité: Malheur à ceux qui tuent! Malheur à ceux qui versent le sang des saints! Malheur à ceux qui massacrent l'épouse et proscrivent l'enfant, le pauvre enfant qu'ils ont condamné à être sans asile et

sans pain et à souffrir la faim et le froid jusqu'à ce que mort s'ensuive! Malheur à eux
pendant toute leur vie! Qu'ils soient maudits dans tout ce qui fait la joie et les délices
de leur cœur! Malheur à eux à l'heure de la
mort, soit qu'elle les surprenne à l'impro-
viste, soit qu'elle ne les enlève qu'après une
lente et douloureuse agonie! Malheur à eux
jusque dans la nuit et le silence du tom-
beau! Maudits soient leurs enfants et les enfants de leurs enfants jusqu'à la dernière
génération! Malheur, malheur, malheur à
eux au grand jour du jugement, quand
tous les persécutés et tous les martyrs de
cette terre de sang se lèveront en masse
contre eux, et que le père, la mère et l'enfant
se réuniront pour les accuser au pied du
tribunal dont la justice est infaillible! Le
sang versé est une semence de foi! Lavez
vos mains du sang innocent, vous tous qui
êtes purs! Elevez la voix, vous tous qui êtes
les élus de Dieu, et appelez avec moi la malédiction et l'anathème sur ceux qui persé-
cutent son peuple!

Après avoir ainsi donné son cours aux imprécations que dans son délire elle prenait pour l'inspiration du ciel, la femme inconnue retomba dans l'abattement. Quelques sanglots et quelques gémissements se firent alors entendre; ils étaient poussés par un petit nombre de femmes que cette fiévreuse éloquence avait surprises et terrifiées, mais la majorité de l'auditoire était loin de partager ces sentiments d'épouvante. L'étonnement et la curiosité avaient seuls fait écouter jusqu'au bout ce flux de paroles incohérentes, et le sentiment qui dominait la foule était surtout celui de la colère et de l'indignation.

Le ministre, que le respect du lieu saint avait seul empêché d'employer la force pour arracher l'étrangère à la place qu'elle avait si audacieusement usurpée, et que la crainte d'augmenter le scandale avait contraint au silence pendant tout le cours de cette fantasque improvisation, ne put se contenir plus longtemps, et adressa enfin ces paroles pleines de courroux à celle sur laquelle tous les regards étaient encores fixés:

— Descendez, femme, s'écria-t-il, descendez de cette chaire sacrée que vous venez de profaner! Etait-ce donc la maison du Seigneur que vous deviez choisir pour y débiter les paroles insensées que le démon peut seul vous avoir inspirées! Descendez, et n'oubliez pas qu'une sentence de mort est suspendue sur votre tête et qu'elle sera exécutée avant la fin de la journée!

— Je descends, ami, je descends, répondit la femme d'une voix douce, qui indiquait l'obéissance et la résignation. Je descends, car j'ai accompli ma mission vis-à-vis de toi et des tiens. Et maintenant récompense-moi par le fouet, l'emprisonnement et la mort; tu peux tout et je suis prête à tout.

Après avoir prononcé ces paroles, la pauvre femme descendit de la chaire. Mais on voyait que ses pas vacillaient. Car l'exaltation de la passion qui l'avait soutenue jusqu'alors était maintenant dissipée, et il ne lui restait plus que la force de se traîner avec peine.

Pendant que cela se passait, la foule, revenue de sa première stupeur, paraissait inquiète et agitée, et les assistants s'interrogeaient les uns les autres en jetant sur l'étrangère des regards où la haine se mêlait à la curiosité. Quelques personnes venaient enfin de reconnaître dans cette femme la fanatique qui quelque temps auparavant a ait accablée le gouverneur d'invectives e d'imprécations au moment où ce haut fonctionnaire passait sous les fenêtres de la prison, et on se rappelait également qu'elle avait été condamnée à mort, et qu'elle n'avait échappé au supplice que par l'indulgence de ses juges, qui avaient commué cette peine en un bannissement perpétuel dans le désert. Les nouveaux outrages publics dont elle venait de se rendre coupable contre le gouvernement et contre la religion semblaient rendre désormais toute indulgence impossible; aussi un officier couvert d'un uniforme militaire avait-il été se poster, en compagnie d'un autre homme d'un rang inférieur, près de la porte de l'église, afin de s'emparer de la personne de cette femme au moment où elle voudrait sortir.

Mais les choses ne devaient pas se passer ainsi, car à peine le pied de l'étrangère avait quitté la dernière marche de la chaire qu'une scène d'un nouveau genre vint encore émouvoir l'assemblée. Au moment solennel où chaque regard semblait lui présager la mort, un petit enfant venait de fendre la foule et de se précipiter dans les bras de la proscrite en l'appellant sa mère.

— Me voici, mère, lui disait-il, me voici ! je veux aller en prison avec toi...

L'étrangère regarda l'enfant avec une expression de doute et presque de terreur, car elle savait que son fils à elle avait été proscrit, destiné à la mort, et son cœur avait perdu l'espoir de le revoir jamais. Peut-être tremblait-elle que ce ne fût encore là une de ces visions que son imagination avait

entrevues tant de fois dans la solitude du
désert ou dans le silence des cachots, et qui
toujours s'étaient évanouies en ne laissant
après elle que les regrets et le désespoir.
Mais cette fois une main tiède pressait sa
main tremblante, un cœur d'enfant battait
avec violence contre son sein, non, non ce
n'était pas une vision!!!

Elle commençait à comprendre qu'elle
était encore mère.

— Béni sois-tu, mon fils ! s'écria-t-elle
d'une voix entrecoupée par les sanglots ;
mon cœur se desséchait loin de ton père et
de toi, et voici qu'il nage dans la joie comme
au moment où je t'ai pressé sur mon sein
pour la première fois!

Elle s'était jetée à genoux, et couvrait
l'enfant de baisers et de caresses en poussant des cris inarticulés; car sa joie était
trop vive et les mots lui manquaient pour
l'exprimer. Pendant quelques instants elle
fut tout entière au bonheur d'avoir retrouvé
son fils, et les souvenirs des douleurs pas-

sées, aussi bien que la conscience du danger présent, parurent être entièrement sortis de sa pensée.. Mais bientôt l'expression de son visage changea de nouveau, et les spectateurs comprirent que les larmes dont la joie avait ouvert la source, continuaient de couler sous l'impression de la douleur, car les mots entrecoupés qui s'échappaient du fond de sa poitrine oppressée révélaient l'état de son âme, et indiquaient assez que, rendue à la raison par le sentiment de l'amour maternel, elle voyait maintenant toute l'horreur de sa situation, et reconnaissait enfin la profondeur de l'abîme où elle s'était laissé entraîner en obéissant aveuglément aux funestes inspirations du fanatisme.

— Pauvre enfant, dit-elle encore lorsqu'elle eut repris un peu de calme, tu m'es rendu dans un triste moment, car ta mère est sur une route fatale où il n'y a de but que la mort. Mon fils! mon fils! je t'ai bien souvent porté dans mes bras quand j'avais à peine la force de me soutenir moi-même, je

t'ai bien souvent donné mon pain quand
mes entrailles étaient en proie aux angois-
ses d'une faim cruelle, et pourtant, ô mon
Dieu ! je n'ai été envers toi qu'une mauvaise
mère, car je vais mourir, et je te laisse pour
tout héritage le malheur et l'opprobre que
j'ai appelés sur ta tête ! Dans ce monde où
je vais t'abandonner seul, tu ne trouveras
pas un cœur ami, toute affection te sera
refusée, il n'y aura pour toi que le mépris
et que la haine, et c'est à cause de moi que
tu souffriras tout cela ! Mon enfant ! mon
enfant ! que de maux et de souffrances te
sont réservés, et c'est à ta mère que tu les
devras !

En prononçant ces tristes paroles elle avait
posé son visage sur la tête d'Ibrahim et ses
longs cheveux épars et souillés de cendre
étaient retombés autour de l'enfant, qu'ils
couvraient comme un voile de deuil. Maintenant elle se taisait, et les soupirs entremêlés
de sanglots qui s'échappaient de sa poitrine
trahissaient seuls l'amertume de ses pensées

et le désespoir de son cœur. Cependant l'auditoire était visiblement ému; et plus d'un puritain sévère éprouvait une pitié involontaire, qu'il se reprochait peut-être comme un péché. On entendait du côté des femmes des gémissements et des sanglots, et parmi les hommes mêmes tous ceux qui étaient pères sentaient leurs yeux mouillés par des larmes d'attendrissement. Pearson surtout était vivement agité, car il se trouvait alors partagé par la pitié qui le portait à se déclarer hautement comme le protecteur de cet enfant et la crainte d'encourir davantage encore la disgrâce de ses coreligionnaires ; mais Dorothée, qu'aucune considération humaine ne pouvait arrêter dans l'élan de sa charité, venait de s'apercevoir de l'hésitation de son mari, et s'était approchée doucement de la pauvre affligée, à laquelle elle adressa la parole, de manière à être entendue par toute l'assistance :

— Etrangère, confiez-moi cet enfant, et je vous promets de lui servir de mère, lui dit-elle en saisissant une des mains du petit Ibrahim. La Providence elle-même vous indique cette voie, car c'est elle qui a placé mon époux sur le chemin du pauvre petit proscrit pour l'arracher à une mort certaine. Voici déjà plusieurs jours qu'il mange à notre table et qu'il repose sous notre toit, et il a gagné nos cœurs par son angélique douceur. Laissez-nous donc votre fils chéri, et n'ayez aucune crainte sur son sort.

La quakeresse s'était relevée et loin de céder au désir de Dorothée elle pressait au contraire son fils plus fortement dans ses bras en interrogeant du regard le visage de celle qui venait de lui adresser la parole. Dorothée n'avait rien à craindre d'un pareil examen, car sa douce physionomie et son maintien décent révélaient au premier coup d'œil la longue pratique des vertus domestiques. On devinait, à son aspect, toute la pureté de son âme, et l'on reconnaissait dès l'abord en elle la femme pieuse et soumise qui accomplit avec une égale ferveur ses obligations envers Dieu et ses devoirs envers les hommes. Tout en elle contrastait singulièrement avec l'extérieur de son interlocutrice, dont les cheveux en désordre, la robe de toile et la ceinture de corde indiquaient au contraire l'égarement d'une créature qu'une préoccupation trop exclusive de l'autre vie avait portée à violer toutes les lois de ce monde, et peut-être aussi à compromettre son salut dans l'autre. Ces deux femmes, ainsi placées l'une en face de l'autre, et tenant chacune une main d'Ibrahim, semblaient former un tableau allégorique. On eût dit la douce Pitié et le Fanatisme déréglé se disputant la possession d'un jeune cœur.

— Es-tu de notre peuple ? dit enfin la mère d'Ibrahim d'une voix sourde.

— Non, nous ne sommes pas de votre peuple, répliqua doucement Dorothée, mais nous sommes chrétiens, et nous aspirons au même ciel que vous ; et je ne doute pas qu'il vous y rejoigne un jour, si mes leçons et mes prières peuvent avoir quelque influence sur son esprit. C'est là aussi que j'espère retrouver mes propre enfants, car j'ai été mère aussi ! Je ne le suis plus depuis longtemps, ajouta-t-elle d'un ton plus bas, et votre fils aura seul tous mes soins et tout mon amour.

— Mais promettez-vous de le laisser dans la voie que lui ont tracée ses parents, demanda la quakeresse, pouvez-vous m'assurer que vous fortifierez en lui la foi pour laquelle son père est mort, et pour laquelle je vais bientôt moi-même subir le martyre, tout indigne que je suis de cette brillante couronne ; cet enfant a été baptisé dans le sang, jurez-vous de respecter le signe sacré que le sang a imprimé sur son front ?

— Je ne veux pas vous tromper répondit Dorothée ; si votre enfant devient le nôtre, nous l'élèverons dans la religion que nous tenons de nos pères. Nous réciterons pour lui les prières de notre foi, car nous n'en connaissons pas d'autres, et nous le dirigerons selon les inspirations de notre propre conscience, et non pas selon les désirs de votre cœur. Car nous croirions abuser de votre confiance en agissant autrement, même pour accomplir les vœux téméraires que vous exprimez en ce moment...

En entendant ces paroles la pauvre mère abaissa sur son fils ses yeux remplis de larmes, qu'elle reporta ensuite vers le ciel. Elle paraissait prier mentalement, et l'agitation de son âme se trahissait sur son visage.

— Amie, reprit-elle en s'adressant à Dorothée après un silence de quelques instants; amie, je ne doute pas que mon fils ne reçoive les plus tendres soins entre tes mains charitables, et j'espère que Dieu permettra qu'il arrive dans un monde meilleur, même avec l'aide des lumières imparfaites que tu es capable de lui donner, car je suppose que tu es de la même communion que tous ceux qui nous entourent; mais tu m'as parlé de ton époux; sans doute qu'il fait partie de cette assistance, fais-le venir, que je connaisse au moins l'homme auquel je confie un dépôt si précieux.

En prononçant ces dernières paroles elle se tourna du côté de l'auditoire masculin, et attendit quelques moments le silence. Son attente ne fut pas de longue durée ; au premier appel, Pearson était sorti de la foule pour venir se joindre aux deux femmes. En apercevant l'habit qu'il portait comme marque de son grade militaire, la pauvre quakeresse se sentit prête à défaillir. Mais bientôt elle se rassura à la vue du visage de l'époux de Dorothée, dont les yeux remplis de larmes cherchaient les siens et dont toute la contenance indiquait la plus profonde émotion ; à mesure qu'elle le considérait de plus près, un doux sourire illuminait son visage : pareil à ces pâles rayons de soleil qui viennent pendant quelques instants éclairer la tristesse d'une nébuleuse journée d'hiver. Ses lèvres s'agitaient comme pour parler ; enfin, elle put se faire comprendre.

— Je l'entends, je l'entends! dit-elle, la voix parle au dedans de moi, et voici ce qu'elle m'ordonne : Catherine, laisse ton fils entre les mains qui l'ont recueilli, et viens à moi, car j'ai d'autres desseins sur toi. Brise les liens de ton affection, immole ton amour, et n'oublie pas qu'en toutes choses la sagesse de Dieu a son but. J'obéis à la voix, amis, j'obéis, prenez donc mon fils, mon joyau précieux, je vous le laisse, et je vais où la voix m'appelle avec la confiance que tout ce que Dieu fait est bien fait, et qu'il y a du travail à la vigne du Seigneur même pour les faibles mains de l'enfant que je vous abandonne.

Elle se mit de nouveau à genoux et parla bas à Ibrahim, qui s'attachait d'abord à elle en poussant des gémissements et des sanglots; mais qui, obéissant sans doute aux secrètes exhortations de sa mère, demeura calme et silencieux après que celle-ci l'eût baisé sur le front et sur les joues. Alors elle se releva et étendit ses mains sur la tête de

son enfant en murmurant à voix basse une
prière dont personne ne put distinguer les
paroles ; puis elle parut se disposer à sortir.

— Adieu, dit-elle en s'adressant à Pearson
et à sa femme ; adieu, amis que j'ai trouvés
dans ma détresse ! le bien que vous m'avez
fait est un trésor que vous avez placé dans
le ciel, et qui vous sera un jour rendu au
centuple. Adieu, vous aussi, ajouta-t-elle
en se tournant vers l'auditoire, adieu, mes
ennemis, vous auxquels il n'est pas permis
de toucher à un seul des cheveux de ma tête,
et auxquels il est défendu d'arrêter mes
pas en ce moment, un jour viendra où vous
m'appellerez pour rendre témoignage de ce
que vous aurez épargné la mère de l'enfant,
et ce jour là je me lèverai pour répondre à
votre voix.

Elle dirigea alors ses pas du côté de la
porte : les deux hommes qui s'étaient postés
là dans l'intention de l'arrêter se reculèrent
devant elle et la laissèrent passer librement,

tant les sentiments de profonde pitié qu'a-
vaient excités ces scènes attendrissantes
l'emportaient dans cet instant sur la haine
religieuse. Sa douleur et son amour maternel l'avaient en quelque sorte sanctifiée aux
yeux de cette foule ennemie, dont les regards humides de larmes la suivirent avec
intérêt jusqu'au moment où elle eut gagné
la colline et disparu dans un. bosquet de
bois.

Où allait-elle ? Apôtre fanatique des folles
visions dont son cœur était plein, elle allait
recommencer la pérégrination de ses années passées. Car elle avait déjà fait entendre sa voix dans un grand nombre de pays
chrétiens, et même elle avait langui quelque temps dans les cachots de l'inquisi-
tion avant de subir la flagellation et la
prison chez les puritains. Elle avait étendu
ses missions jusque dans les contrées ha-
bitées par les enfants du prophète et elle
avait trouvé chez ces peuples de mécréants
une tolérance et une liberté qui lui avaient

constamment refusées ceux qui adoraient le même Dieu qu'elle. Pendant plusieurs mois, entre autres, elle avait résidé avec son mari dans les Etats du sultan, qui les avait toujours traités avec indulgence et générosité. C'était sur cette terre infidèle qu'Ibrahim avait vu le jour, et c'était par reconnaissance pour quelque Turc bienfaisant qu'ils avaient donné à leur enfant le nom oriental sous lequel nous l'avons désigné dans ce récit.

IV

Quand Pearson et sa femme eurent acquis de la sorte des droits incontestables sur Ibrahim, leur affection pour lui augmenta au point de le placer dans leur cœur au

même rang que le souvenir de la patrie
absente et le regret des enfants qu'ils
avaient perdus. De son côté Ibrahim était
animé pour son protecteur des sentiments
de la plus profonde reconnaissance ; l'abattement dans lequel il était tombé à la suite
des scènes de l'église se dissipait de jour en
jour, et au bout de quelques semaines il
donna, à la grande joie des deux époux, des
preuves non équivoques qu'il les considérait désormais comme son père et comme
sa mère et qu'il regardait leur maison comme la sienne. Avant que les neiges de l'hiver fussent fondues, l'enfant persécuté, le
proscrit d'une terre infidèle et lointaine,
s'était si bien fait à ses nouveaux parents e
à sa seconde patrie, qu'on eût dit à le voir
et à l'entendre qu'il n'en avait jamais connu
d'autres. L'influence des tendres soins dont
il était l'objet et la certitude d'être aimé
avaient enlevé au caractère d'Ibrahim cette
virilité prématurée que lui avait donnée le
malheur ; il avait repris la grâce et l'enjoue-

ment de l'enfance, et ses heureuses qualités
se déployaient en liberté. Son cœur étai
bon et son esprit était juste, bien que l'exaltation de son père et de sa mère eussent
laissé leurs traces dans sa jeune imagination et qu'il eût conservé de son éducation
première une sorte de sensibilité maladive.
Dans son état normal l'humeur d'Ibrahim
était gaie, et les moindres objets comme le
plus petit événement suffisaient pour exci-
ter ses joies enfantines. On eût souvent dit,
à le voir trouver ainsi le bonheur dans les
circonstances en apparence les plus indiffé-
rentes, qu'il avait en lui une faculté analo-
gue à celle de la baguette de coudrier, dont
la magique puissance sait découvrir les
trésors cachés à tous les yeux. Cette douce
gaieté qu'Ibrahim puisait à mille sources
différentes se communiquait facilement à
Pearson et à sa femme, et de la sorte l'aimable enfant était dans la maison de son bien-
faiteur comme un rayon de soleil qui en

4.

éclairait et en vivifiait jusqu'aux angles les plus obscurs et les plus reculés.

Mais si Ibrahim trouvait aussi facilement des sujets de joie dans tout ce qui l'entourait, par un contraste singulier, qui était cependant la conséquence inévitable de sa sensibilité extrême, il tombait parfois dans la mélancolie et avait des tristesses profondes que rien ne pouvait expliquer. Aucun motif apparent ne justifiait cet état de son âme, et le plus souvent ces chagrins incompréhensibles semblaient trahir chez Ibrahim des sentiments qu'il était cependant trop jeune pour éprouver, ceux d'un amour malheureux. Ses éclairs de gaieté blessaient quelquefois le rigide décorum pratiqué dans l'intérieur des demeures puritaines et lui attiraient quelques remontrances, qui avaient pour effet constant de lui enlever subitement sa belle humeur et de le plonger pour quelque temps dans les accès d'un véritable chagrin. Malgré sa vive sensibilité, Ibrahim était entièrement dépourvu de

cette sorte de malice qui accompagne presque toujours cette qualité de l'âme : c'était
en un mot une de ces natures douces et dé-
vouées qu'on écrase et qui ne se retournent
même pas, qu'on blesse et qui ne vengent
pas, mais qui meurent ; un de ces êtres
trop faibles pour marcher seuls dans le
rude sentier de l'existence, auxquels il faut
l'appui d'un bras fort, et qu'on ne saurait
mieux comparer qu'à ces plantes grimpan-
tes qui veulent pour croître et s'élever le
soutien de quelque grand arbre, et qui tom-
bent et se dessèchent sitôt qu'elles en sont
privée. L'intelligente tendresse de Dorothée
avait vite compris que la sévérité blesserait
ce cœur trop susceptible ; aussi dans la
crainte de le froisser, elle avait pour lui,
qu'on nous permette la comparaison, ces
précautions délicates dont on se sert pour
toucher sans la déflorer l'aile brillante d'un
papillon. Son mari partageait son affection
pour leur fils adoptif, quoiqu'il devînt cependant chaque jour moins prodigue envers
ui de baisers et de caresses.

Le triomphe momentané que la mère d'Ibrahim avait remporté sur les préjugés de ses auditeurs n'avait pas cependant amélioré leurs sentiments à l'égard de son enfant et de ses généreux protecteurs. Le mépris et la répulsion dont il se voyait l'objet dans tout le voisinage étaient toujours un sujet de douleur pour Ibrahim et lui devenaient plus pénibles encore quand ils lui étaient exprimés par des enfants de son âge, imbus de la haine et du fanatisme aveugles de leurs parents. Son cœur aimant avait beau s'attacher à tout ce qui l'entourait, sa tendresse n'était point épuisée, et il y avait en lui un besoin d'affection qui cherchait à s'épancher jusque sur ceux qui le poursuivaient de leurs dédains et de leurs insultes. Les chaleurs de l'été avaient depuis longtemps remplacé les frimas, les enfants du voisinage se livraient à leurs jeux, et Ibrahim passait parfois des heures entières à écouter les accents de leur joie bruyante ; mais, avec le tact délicat dont il était doué,

loin de chercher à partager leurs plaisirs, il
se tenait à l'écart, et évitait avec soin leur
présence. Le hasard devait cependant lui
fournir l'occasion d'un rapprochement qu'il
désirait vivement sans oser l'espérer. Un
enfant de deux environ plus âgé qu'Ibrahim
se laissa choir d'un arbre dans le voisinage
de la maison de Pearson et se blessa assez
grièvement ; la demeure de ses parents se
trouvait à une assez grande distance, et la
bonne Dorothée se fit un plaisir de recevoir
le jeune blessé sous son toit et de lui
prodiguer les soins les plus empressés.

Ibrahim était à son propre insu un fort
habile physiologiste, et nul doute que, sans
les circonstances particulières d'isolement
dans lesquelles il se trouvait placé, l'extérieur du petit étranger recueilli par Dorothée eût suffi pour le détourner de l'idée de
s'en faire un ami. Le visage de cet enfant
causait en effet au premier abord une impression désagréable, bien qu'il fallût y
regarder à deux fois pour s'apercevoir que

sa bouche était légèrement de travers et que
son regard était un peu louche ; il en était
de même de toute sa personne, ses membres
disproportionnés avec son corps et ses
épaules trop hautes formaient un ensemble
disgracieux qui frappait à première vue
mais dont les imperfections ne pouvaient se
distinguer néanmoins qu'après un minu-
tieux examen. Son humeur était sombre et
taciturne ; et le maître d'école du village
l'avait déclaré inepte et idiot, bien qu'il dût
plus tard montrer de l'ambition et déployer
des talents particuliers. Quoi qu'il en fût de
ses défauts physiques et moraux, le cœur
d'Ibrahim se sentit entraîné vers lui du moment même où il fut apporté blessé dans la
maison de Pearson. L'enfant persécuté com-
parait sa destinée à celle du jeune malade,
et se plaisait à trouver dans leurs souffrances réciproques une cause de rapprochement et d'affection. Repas, jeux, promena-
des, tout était oublié pour demeurer auprès
du petit étranger ; et dans son amour exclu-

sif et jaloux il regrettait de ne pas être le seul à lui prodiguer des soins et des caresses. Quand le blessé fut devenu convalescent, Ibrahim inventa pour lui plaire des jeux de toute espèce, et amusa surtout son esprit par des récits variés et merveilleux qu'il composait avec une facilité dont il était redevable sans doute à l'influence de l'Orient, ce pays des contes, où il avait vu le jour. Les récits du jeune improvisateur étaient toujours pleins d'invraisemblances et manquaient souvent de suite et de but, mais tous étaient empreints de cet esprit de douceur et de charité qui faisait le fond du caractère de l'enfant. L'auditeur prêtait une grande attention à ces romans d'un nouveau genre et interrompait parfois le conteur par des observations, qui, tout en dénotant une sagacité au dessus de son âge, indiquaient en même temps une sorte de perversité morale qui étonnait et déroutait l'esprit ingénu et le sens droit d'Ibrahim. Mais ces différences d'humeur et de caractère ne pouvaient rien sur l'amitié que celui-ci avait vouée à son jeune camarade, amitié qui allait toujours en croissant mais qui n'obtenait en retour que de l'indifférence et de l'ingratitude de la part de l'être égoïste et pervers qui était l'objet indigne d'un sentiment aussi pur.

Cependant l'état du blessé s'améliorait de jour en jour, et ses parents se décidèrent à l'emmener chez eux pour compléter sa guérison.

Ibrahim n'alla pas faire de visites à son nouvel ami après que celui-ci eut quitté la maison de Pearson, mais il s'informa de lui avec une tendre sollicitude et se fit instruire avec soin du jour où il devait reparaître au milieu de ses compagnons. Une après-dînée d'un beau jour d'été les enfants du voisinage se trouvaient réunis dans un petit bois en amphithéâtre situé derrière l'église, le jeune invalide, appuyé sur un bâton, se tenait au milieu d'eux ; les cris et les rires de la bande joyeuse se faisaient entendre au loin, et donnaient à réfléchir à ceux aux oreilles desquels ils parvenaient : car qui ne s'est étonné bien des fois en pensant que la vie commence sous des auspices si gais et s'achève presque toujours dans l'amertume et la tristesse ?

Au moment où les jeux étaient le plus animés, un nouveau renfort vint pour se joindre à la jeune troupe : c'était Ibrahim qui s'avançait vers le groupe. Son air doux et souriant indiquait sa confiance, car il ne croyait plus avoir à redouter les insultes et les mépris des autres enfants depuis qu'il avait été assez heureux pour témoigner son amitié à l'un d'entre eux. A son aspect, un profond silence avait remplacé le tumulte ; les joueurs s'étaient réunis et paraissaient se concerter à voix basse : Ibrahim approchait toujours. Tout d'un coup les enfants poussèrent de grands cris et fondirent tous ensemble sur le pauvre petit quaker, qui se sentit en un instant frappé de tous côtés à coups de pied, à coups de poing et à coups de pierres par ces fanatiques imberbes qui déployaient à l'envi les uns des autres les instincts féroces de persécution que les pères transmettaient avec la vie à leurs enfants à cette déplorable époque de haines civiles et de guerres religieuses.

Pendant ce temps l'invalide, que son infirmité retenait à l'écart, ne cessait de crier à haute voix : « N'aie pas peur, Ibrahim ; viens ici, et prends ma main ! » Celui-ci fit tous ses efforts pour répondre à cet appel amical ; mais, au moment où le méchant petit drôle le vit à la portée de son bras, sans perdre son sourire et son regard caressant, il leva son bâton sur Ibrahim et lui en déchargea un coup si violent sur la bouche, que le sang coula en abondance. Le pauvre enfant porta à son visage la main qu'il tendait à son ami perfide et cherchait à se garantir la tête contre de nouveaux coups. Mais sa précaution fut inutile, car au même instant ses persécuteurs se précipitèrent de nouveau sur lui et le renversèrent à terre. Alors il fut frappé, foulé aux pieds, traîné par ses longs cheveux et tellement maltraité, que peu s'en fallut que le jeune martyr ne succombât à l'instant même sous les coups de ses cruels persécuteurs. Heureusement cependant que le bruit finit par attirer quelques voisins, qui arrivèrent assez à temps pour l'arracher encore vivant des mains de ses bourreaux, et qui le rapportèrent tout meurtri et tout sanglant dans la maison de son père adoptif.

Les blessures qu'Ibrahim avait reçues sur plusieurs parties du corps ne laissaient pas que d'être graves ; cependant des soins intelligents et assidus finirent par les cicatriser et les guérir complétement. Mais la blessure invisible faite au cœur sensible et aimant de l'enfant était plus profonde encore et ne devait jamais se fermer. Les signes de ce mal incurable étaient surtout d'un caractère négatif et ne pouvaient être saisis que par ceux qui connaissaient Ibrahim depuis longtemps. Sa démarche autrefois si vive.

était devenue lente, et l'on ne voyait plus l'enfant se livrer comme auparavant à ces accès de mouvement et de turbulence qui indiquaient l'allégresse de son âme. Sa physionomie avait repris l'expression grave des jours de ses premiers malheurs ; l'éclair brillant de la gaieté n'illuminait plus son regard. Les objets extérieurs les événements qui se passaient autour de lui n'avaient plus le pouvoir de fixer son attention. Il paraissait toujours absorbé dans la contemplation muette et intime de quelque sombre et douloureuse pensée. Son intelligence elle-même semblait frappée de maladie, et il lui fallait pour saisir et comprendre les choses nouvelles des efforts qui étonnaient douloureusement ceux qui avaient souvent admiré la promptitude de son esprit et la rectitude de son jugement. Les tentatives de Dorothée pour l'égayer et le distraire non seulement étaient inutiles, mais encore avaient presque toujours pour effet de le plonger dans des accès de désespoir ; car la plaie de son pauvre cœur était si vive, que la main même de la tendresse n'y pouvait toucher sans le brûler comme un fer rouge. Quelquefois, la nuit, pendant son sommeil, on l'entendait appeler : Ma mère ! ma mère ! comme si l'étrangère qui l'avait remplacée pendant les jours heureux ne pouvait plus suffire au moment de l'affection à cette âme innocente brisée sous le poids de la douleur, et qui était destinée à retourner bientôt dans le sein de Dieu et à reporter dans la céleste patrie l'aimable et tendre amour dont l'excès lui avait été si fatal sur cette terre de misère et de perversité.

Pendant qu'une sombre mélancolie s'emparait ainsi d'Ibrahim, Pearson de son côté était en proie à une tristesse non moins profonde, quoique la cause en fût différente et l'origine plus ancienne. Nous avons vu en commençant ce récit que la rencontre d'Ibrahim et la connaissance de ses malheurs avaient ébranlé le puritanisme de l'ancien dragon de Cromwel. Depuis ce temps, le doute avait augmenté dans son âme, et à son insu même sa foi devenait de jour en jour plus chancelante. Le premier effet de sa tendresse pour son enfant d'adoption avait été d'amollir son cœur et de lui inspirer un commencement de charité et d'amour pour toute la secte persécutée, sentiments auxquels se joignait pourtant encore une sorte de dédain et de mépris inspirés par les extravagances fanatiques auxquelles les quakers continuaient de s'abandonner. Cependant les croyances de ces sectaires étaient sans cesse présentes à son esprit, sa pensée s'en occupait comme malgré lui, et bientôt leur doctrine commença à lui paraître moins ridicule et moins insensée, les points mêmes qui dans le principe avaient plus particulièrement choqué sa raison prirent peu à peu un autre aspect et finirent par lui paraître aussi compréhensibles que rationnels. Le sommeil n'interrompait pas ce travail intime de sa pensée, et souvent il arrivait que des sujets qui l'avaient embarrassé avant de s'endormir lui semblaient aussi clairs que la lumière du jour quand il rassemblait à son réveil les souvenirs et les impressions laissés dans son âme par les songes ou plutôt par les visions d'une nuit agitée. Mais à mesure qu'il se rapprochait des *enthousiastes* et qu'il sentait diminuer dans son cœur le mépris et la haine qu'ils lui avaient d'abord inspirés, il s'irritait d'avantage contre lui-même et se faisait un crime des sentiments secrets qui envahissaient son esprit et son cœur. Il lui semblait voir une amère raillerie dans chaque mot que ses connaissances lui adressaient et lire un reproche sanglant dans chacun de leurs regards. C'est dans cet état d'incertitude et de malaise moral que se trouvait Pearson quand arriva à son fils adoptif l'événement fatal que nous avons raconté. Cet événement exerça sur son esprit encore irrésolu une toute-puissante influence qui détermina dans ses croyances le changement radical dont Ibrahim se trouvait être ainsi sans le savoir l'occasion et la cause principales.

La persécution cependant était loin de diminuer. Elle sévissait au contraire avec une nouvelle rigueur ; la rage des bourreaux ne se lassait pas plus que l'enthousiasme des martyrs ; les cachots étaient pleins, et à chaque coin de rue, dans les villes et dans les villages, on rencontrait des malheureux qui subissaient le supplice du fouet. Une femme même, pauvre créature qu'animait l'esprit de Dieu, avait expié par une mort infâme le crime irrémissible alors de partager les doctrines de la secte proscrite. Un sang plus innocent encore devait bientôt rougir les mains cruelles qui chaque jour pourtant se levaient vers le ciel pour implorer les bénédictions d'un Dieu de miséricorde et de clémence, au nom duquel se commettaient toutes ces horreurs. La restauration venait d'avoir lieu, et les quakers d'Angleterre avaient représenté à Charles II qu'une veine de sang était ouverte dans ses

Etats. Le voluptueux monarque avait, il est vrai, paru vivement touché de leurs justes plaintes ; mais, tout entier à ses plaisirs, il les avait bien vite oubliées, ou du moins il avait négligé jusqu'alors d'interposer son autorité pour faire cesser un état de choses non moins contraire à l'humanité que funeste à la prospérité de la Nouvelle-Angleterre.

V

Plusieurs mois se sont écoulés depuis le jour où Ibrahim a été si mal accueilli par les enfants du voisinage ; pendant ce temps Pearson a été en butte à la persécution, Dorothée a supporté ses douleurs en femme résignée et chrétienne, Ibrahim a continué

. 5.

de se flétrir comme une plante piquée au cœur par quelque ver rongeur, et sa mère a poursuivi ses pérégrinations, sans cesse occupée de ce qu'elle appelle les intérêts du ciel, et trop oublieuse, hélas ! du dépôt le plus sacré et le plus précieux qu'une femme puisse recevoir de la main de Dieu.

Par une froide nuit d'hiver, nous nous retrouvons dans la maison de Pearson ; tout y respire une sombre tristesse, le visage des habitants comme les objets inanimés eux-mêmes. Un feu de sapin brûle dans l'âtre et éclaire l'appartement de ses lueurs rougeâtres ; des branches d'arbre encore humides de neige sèchent dans un coin du foyer ; la chambre est nue et dépouillée du luxe modeste qui l'ornait dans des jours meilleurs, car des amendes répétées ont appauvri le propriétaire de cette demeure, moins encore pourtant que le peu de soin qu'il apporte depuis quelque temps à ses intérêts temporels. L'équipement de guerre du soldat n'a pas été plus épargné que le

mobilier du colon, l'épée est brisée, le heau-
me et la cuirasse ont disparu pour ne plus
revenir, car le soldat ne combattra plus ; sa
main désarmée est aujourd'hui trop faible
pour protéger même sa propre tête. Le livre
saint cependant était resté dans cette demeure dévastée, et au moment dont nous
parlons il se trouvait posé sur une table
près du foyer. Deux hommes, deux membres de la secte persécutée, y cherchaient la
consolation et l'espérance qu'il ne refuse
jamais à ceux qui le consultent avec un
esprit droit et un cœur pur.

L'un de ces deux hommes lisait à haute
voix, l'autre l'écoutait. Ce dernier était
Pearson lui-même, que la maigreur de son
corps et l'altération de ses traits avaient
presque rendu méconnaissable. L'habitude
d'une sombre méditation, jointe aux fatigues
de l'emprisonnement et aux souffrances de
la torture, avait amené ces tristes change-
ments. Celui qui était assis à côté de Pearson était un homme déjà âgé, presque un

vieillard, que la persécution avait éprouvé bien des fois sans pouvoir ni l'abattre ni le faire ployer. Une taille élevée et un air imposant frappaient au premier aspect dans cet étranger, que ses longs cheveux gris retombant sur ses épaules eussent suffi pour désigner à la haine des puritains à défaut de sa foi confessée hautement en maintes circonstances. Pendant qu'il lisait les pages du livre sacré, la neige fouettait les vites des fenêtres et pénétrait dans l'appartement à travers les fissures de la porte mal jointe, le vent s'engouffrait en sifflant dans l'immense cheminée, et le fauve éclat de la flamme ajoutait en l'éclairant à la tristesse de cette scène. Par intervalles le vent renvoyé par la colline venait se briser contre un des angles de la maison avec un bruit si lamentable, qu'on eût dit la voix des trépassés appelant les vivants dans le sombre empire de la mort.

A la fin le quaker ferma le livre en laissant cependant sa main entre les pages dont il venait de terminer la lecture, et jeta sur Pearson un regard empreint d'une profonde pitié ; la figure et l'attitude de celui-ci trahissaient en effet la souffrance du corps et l'angoisse de l'âme, sa tête était appuyée sur ses deux mains, ses dents était serrées avec force et un tremblement nerveux agitait tous ses membres.

— Ami Tobie, dit le vieillard, n'as-tu pas puisé le courage dans les paroles sacrées de l'Ecriture ?

— Ta voix est d'abord tombée dans mon oreille comme un bruit vague et confus, répondit Pearson sans lever les yeux, et en vérité quand j'ai écouté avec plus d'attention je n'ai saisi que des paroles froides et sans vie dites évidemment pour des maux moins grands que les miens. Laisse le livre, ajouta-t-il d'un ton plein d'amertume et de découragement, car je n'ai point part à ses consolations, et le baume que tu prétends verser sur mes blessures ne fait que les rendre plus cuisantes.

Non, faible frère, reprit le quaker avec
énergie mais cependant avec douceur, non,
tu ne te laisseras pas abattre comme celui
qui n'a jamais connu la lumière ; n'es-tu
donc plus l'homme qui a promis de tout
supporter et de tout souffrir pour l'amour
de Dieu, l'homme qui a juré d'aller au devant des épreuves qui devaient purifier sa
foi et arracher son cœur aux attraits de ce
monde périssable ! veux-tu céder lâche-
ment à l'affliction comme ceux qui ont mis
leur bonheur ici-bas, toi qui a placé tes trésors dans le ciel ! non, non, tu ne peux
fléchir déjà, car ton fardeau est encore
léger !

— Le fardeau est lourd, trop lourd pour
mes épaules ! s'écria Pearson avec toute
l'impatience d'un cœur irrité. J'ai été depuis
ma jeunesse marqué du signe de la réprobation. Année par année, jour par jour, j'ai
enduré des douleurs et des chagrins incon-
nus au reste des hommes. Et maintenant
je ne parle pas des amitiés qui se sont

changées en ignominie, de l'aisance qui est devenue de la misère, des dangers qui me menacent, des mépris qui m'accablent, non, je ne parle pas de toutes ces choses, car je les ai souffertes sans murmurer et en bénissant la main qui me frappait, mais mon cœur après avoir perdu les objets de ses affections naturelles avait adopté l'enfant de l'étranger et cet enfant m'était devenu plus cher que tous ceux que la mort m'avait enlevés, et voici qu'il faut que cet enfant meure comme si mon amour était un poison. Ah! vraiment je suis maudit. Mon front est courbé sous le poids de la douleur ; je ne veux pas combattre plus longtemps, je n'essayerai pas de le relever.

— Tu blasphèmes, frère, dit le vieux quaker, et pourtant je n'ai pas le droit de t'en faire un reproche, car comme toi j'ai eu mes heures de faiblesse et d'abattement pendant lesquelles j'ai maudit la croix ; oui ! ajouta-t-il en continuant dans l'espoir de détourner l'esprit de son compagnon de

la pensée de ses propres chagrins, oui, dans
ces derniers temps même, j'ai senti la lumière s'obscurcir en moi quand les hommes de sang m'ont banni sous peine de
mort, que les constables m'on conduit de
village en village jusqu'aux confins du
désert, quand la main des bourreaux s'est
appesantie sur moi, que ma chair a été
déchirée par le fouet de cordes nouées et
qu'une longue traînée de sang indiquait la
trace de mes pas chancelants..... comme
nous allions.....

— Mais n'ai-je pas supporté tout cela
sans murmurer? interrompit brusquement
Pearson.

— Cela est vrai, ami, mais écoute-moi
jusqu'au bout, poursuivit l'autre. Nous
voyageons la nuit et le jour : la nuit, l'obs-
curité était si profonde que nous pouvions
à peine distinguer notre route, personne
n'était là pour voir la rage de mes persécuteurs et la constance que j'opposais à leurs
tortures, et cependant Dieu permit que mon

courage ne faiblît pas. Le jour nous traversions les villages, et mon œil en plongeant dans l'intérieur des maisons distinguait partout la joie et le contentement ; c'étaient d'heureux pères entourés de leur femme et de leurs enfants : involontairement je comparais leur bonheur à ma misère, mais l'esprit me soutenait et je ne murmurais pas. Un jour entre autres nous traversions une terre fertile, sur le versant d'un coteau j'aperçus un humble toit couvert de chaume qui me rappela ma première demeure, située, hélas ! bien loin par delà l'Océan dans notre chère Angleterre. A cette vue mon âme fut assaillie par de tristes pensées. Je me rappelai le bonheur de mes jours passés, la joie de ma jeunesse, la force de ma virilité, puis je songeai à l'isolement et à l'amertume de ma vieillesse. Je me rappelai surtout que pour obéir à la voix de Dieu j'avais quitté ma fille, la plus jeune et la plus aimée de mes enfants, souffrante et couchée sur son lit de mort...

— Et comment avez-vous pu obéir au commandement dans un pareil moment? s'écria Pearson avec émotion.

— Je l'ai fait cependant sans hésiter, répliqua simplement le vieillard; j'étais agenouillé près de son lit lorsque la voix se fit entendre en moi : aussitôt je me levai, je pris le bâton du voyageur et je partis ! Oui, je partis; je détournai les yeux de ses yeux pleins de larmes qui cherchaient à me retenir, je m'arrachai de ses bras qui s'attachaient à mon cou ; je partis, et je la laissai seule poursuivre sa route dans cette vallée de misère ! Et pourtant son corps malade avait besoin de mes soins, son âme trop faible pour ses douleurs avait besoin de mes prières ! J'avais obéi à la voix, et cependant, dans cette nuit d'horreur, je fus tourmenté par l'affreuse pensée que j'étais un chrétien égaré et que j'avais été un mauvais père ! En vérité je vis ma fille elle-même, avec ses traits amaigris et pâles, se dresser devant moi, et je l'entendis me crier : Mon père, vous

vous êtes trompé, revenez près de votre fille,
revenez abriter votre tête blanchie sous le
toit de vos aïeux ! — O toi vers qui mes regards se sont constamment tournés pendant
mes longues souffrances, continua le quaker
en levant vers le ciel ses yeux pleins d'un
religieux enthousiasme, détourne de nos
plus cruels persécuteurs cette horrible agonie à laquelle mon âme fut en proie quand
je crus que la foi qui m'avait donné la force
de souffrir pour toi n'était que l'inspiration
de l'esprit des ténèbres ! Et pourtant je ne
faiblis pas ! Je me précipitai à genoux et je
luttai contre le tentateur pendant que l'instrument de flagellation pénétrait dans ma
chair et domptait la douleur morale par la
douleur physique. Ma prière fut entendue,
et je repris dans la paix et dans la joie de
mon cœur la route du désert.

Le vieillard, dont le fanatisme affectait ordinairement le calme de la raison, s'était
cependant animé en prononçant ces dernières
paroles ; son émotion avait gagné Pearson,

qui semblait impressionné au point d'avoir
oublié ses propres douleurs pour ne s'occu-
per que de celles de son compagnon. Les
deux interlocuteurs étaient devenus silencieux et leurs yeux tournés vers le feu
suivaient machinalement le mouvement
capricieux de la flamme, qui commençait à
s'éteindre. La neige avait redoublé de violence, et d'épais flocons tombaient jusque sur
les cendres du foyer par l'ouverture de la
cheminée. On entendait de temps à autre
dans l'appartement voisin le pas d'une personne qui semblait marcher avec précaution,
et chaque fois que ce léger bruit frappait les
oreilles des deux quakers leurs yeux se
levaient et se portaient avec inquiétude sur
la porte par lequelle on pénétrait dans cette
chambre.

Au bout d'un certain temps Pearson, dont
les éclats furieux de la tempête avaient tout
naturellement porté la pensée sur les malheureux qui erraient sans asile pendant cette
nuit affreuse, reprit la conversation en ces
termes :

— Je suis bien près de succomber sous le fardeau de ma croix, dit-il, cependant je consentirais volontiers à en doubler le poids pour que la pauvre mère de l'enfant fut épargnée. Les blessures de son cœur sont nombreuses et profondes ; mais celle qui lui est réservée est la plus cruelle de toutes.

— Ne crains rien pour Catherine, reprit le vieux quaker, car je la connais : c'est la femme forte dont parle l'Ecriture, et je sais avec quel courage elle supporte les plus rudes épreuves. Sans doute son cœur sera déchiré, et peut-être que dans le premier moment la douleur de la mère ébranlera la foi de la chrétienne ; mais nous la verrons bientôt sortir triomphante de la lutte et remercier le ciel d'avoir accepté le sacrifice de son fils immolé. L'œuvre de l'enfant est maintenant accomplie, et la mère pieuse comprendra que c'est pour son bonheur et celui de son fils que l'ange d'innocence a été retiré du monde. Bénis, bénis sont ceux qui peuvent entrer dans la paix au prix de si légères souffrances !

Au même instant des coups redoublés se firent entendre : on frappait à la porte extérieure. Qui pouvait visiter cette triste demeure par ce temps affreux et à cette heure avancée de la nuit ? Le visage déjà si pâle de Pearson devint plus pâle encore, car depuis qu'il avait appris à connaître la persécution il savait qu'elle frappait à la porte du martyr à toute heure et en tout temps. Quant au vieillard, il s'était levé, et son regard demeurait calme comme celui du soldat éprouvé que l'ennemi ne peut ni effrayer ni surprendre.

— Les hommes de sang viennent pour s'emparer de ma personne, fit-il observer avec résignation. Ils auront appris sans doute que je suis revenu de l'exil, et ils viennent me chercher me pour conduire en prison et de là à la mort. J'avais prévu cela depuis longtemps, et je vais leur ouvrir moi-même pour qu'ils ne puissent pas dire que j'ai tremblé devant eux.

— Non, c'est à moi à aller au devant d'eux, dit Pearson, dont le courage était revenu, car il peut se faire que ce soit moi seul qu'ils cherchent, et qu'ils ignorent que tu es ici.

— Allons-y donc ensemble, reprit l'autre, car il ne convient ni à moi ni à toi de fuir devant les bourreaux.

Ils se dirigèrent alors tous deux du côté de la porte d'entrée qu'ils ouvrirent en disant au visiteur : Au nom de Dieu, tu es ici le bienvenu ! Au moment même où la porte s'ouvrit, le vent; pénétrant avec violence dans l'appartement, éteignit la lampe que Pearson tenait à la main, de sorte que c'est à peine s'ils eurent le temps d'entrevoir une forme humaine tellement couverte de neige de la tête aux pieds, qu'elle ressemblait à la personnification de l'Hiver implorant un asile contre la rigueur de ses propres frimas.

— Entre, ami, dit Pearson, c'est un toit pauvre mais hospitalier sous lequel tu pourras attendre que le temps soit devenu meilleur. Mais il faut que tes affaires soient bien pressantes pour que tu te sois décidé à te mettre en route par une pareille nuit.

— La paix soit avec vous ! dit le nouveau venu quand son pied eut franchi le seuil de la porte.

Au son de cette voix Pearson tressaillit.

Cependant le vieux quaker avait rapproché les tisons et soufflé le feu de l'âtre, la flamme pétillait claire et vive et illuminait de ses rayons le visiteur morfondu : c'était une femme.

— Catherine, sainte femme, s'écria le vieillard, est-ce toi qui es revenue sur cette terre de sang pour confesser la foi et glorifier de nouveau le nom du Seigneur ! Les supplices n'ont pu prévaloir contre toi, et tu es sortie triomphante des cachots. Mais que ton cœur soit fort, et que ton courage soit constant, Catherine, car le ciel te réserve une épreuve cruelle avant de t'accorder ta récompense.

— Réjouissez-vous, amis, répliqua celle à laquelle s'adressaient ces paroles, réjouissez-vous, toi qui depuis longtemps marches à la tête de notre peuple, et toi qu'un petit enfant a conduit dans nos rangs, réjouissez-vous, car j'apporte d'heureuses nouvelles. Les jours de la persécution sont passés. Le cœur du roi Charles a été enfin touché de l'excès de nos misères, et il a envoyé des ordres pour arrêter le bras des hommes de sang ; un navire qui porte nos amis vient de mouiller dans le port de la ville voisine, j'étais moi-même avec eux.

En parlant ainsi Catherine parcourait des yeux l'appartement dans lequel elle se trouvait, elle cherchait évidemment l'aimable objet à cause duquel le retour de la sécurité l'avait rendue si joyeuse. Pearson fit un muet appel à l'énergie du vieillard, qui ne recula pas devant la triste tâche dont on le chargeait.

— Sœur, dit-il d'un ton calme et solennel,
tu viens de nous dire comment la bonté du
Seigneur se manifeste par ses bienfaits,
c'est à nous à t'apprendre maintenant comment cette même bonté se manifeste jusque
dans ses rigueurs. Depuis longtemps, Catherine, tu marches dans une voie difficile
et sombre en conduisant ton enfant par la
main. Sans doute les élans de ta foi portaient ton âme à aspirer vers la céleste
patrie ; mais les caresses de ton enfant
rattachaient ton cœur aux affections de la
terre. Réjouis-toi, sœur, tes pas sont libres
désormais, l'obstacle n'existe plus.

Mais ces consolations mystiques ne pouvaient suffire pour apaiser les douleurs de
la pauvre mère. Tout son corps était agité
d'un tremblement nerveux, son visage était
aussi blanc que la neige qui couvrait ses
cheveux et ses vêtements. Le vieillard avait
avancé les mains pour la soutenir, et fixait
ses yeux sur les siens tout prêt à réprimer
les violences auxquelles il paraissait crain-

dre qu'elle ne se livrât dans l'excès de son désespoir.

— Je suis une femme, mais je ne suis qu'une femme, et l'épreuve est au dessus de mes forces, murmura-t-elle d'une voix étouffée. J'ai été frappée bien souvent, j'ai beaucoup souffert, les supplices ont déchiré mon corps, la douleur a brisé mon âme, j'ai été crucifiée en moi et en tous ceux qui m'étaient chers, le Seigneur ne m'avait épargnée qu'en mon fils. Puis s'adressant au vieux quaker avec une violence soudaine : Dis-moi, homme au cœur de pierre, qu'est-ce que le Seigneur a fait pour moi ? J'ai été proscrite et persécutée en son nom, et c'est lui qui déchire mon sein ! Et toi, dit-elle en se tournant vers Pearson, toi à qui j'avais confié mon enfant, qu'as-tu fait de ce dépôt sacré ? Rends-moi mon fils, rends-le-moi vivant, vivant ! entends-tu, ou sinon le ciel et la terre se chargeront de ma vengeance.

A ces cris de désespoir répondit une voix

d'enfant, voix si faible qu'elle pouvait à peine se faire entendre.

Dans la journée même qui avait précédé cette triste soirée, Pearson, Dorothée et leur vieil hôte s'étaient aperçus qu'Ibrahim s'affaiblissait de plus en plus, et n'avaient pas eu de peine à deviner que le pauvre enfant approchait du terme de son trop court pèlerinage. Les deux hommes auraient désiré rester près de lui pour réciter les prières des agonisants et lui donner les consolations qui sans doute n'avaient pas la puissance de retarder son départ, mais qui pouvaient au moins adoucir pour lui les derniers moments de l'existence et le soutenir dans le pénible passage de la vie à la mort. Mais quoique Ibrahim ne se plaignît pas, on voyait que la présence de ces deux hommes le fatiguait et l'importunait ; aussi Pearson et son hôte cédant aux instances de Dorothée avait laissé l'enfant seul avec elle, persuadés d'ailleurs que leur concours était inutile pour ouvrir à cette jeune âme la

porte du ciel où sa place était depuis longtemps marquée. Ibrahim, après leur départ,
avait fermé les yeux, et on aurait pu le
croire endormi sans les quelques mots qu'il
murmurait de temps à autre à voix basse
en s'adressant à sa mère adoptive. Cependant, à l'approche de la nuit et au moment
où la tempête commença, le petit malade
devint plus agité, et le sens de l'ouïe parut
avoir acquis chez lui une puissance et un
développement extraordinaires. Le moindre
bruit fixait son attention, et on le voyait
écouter et faire des efforts pour soulever sa
tête chaque fois que le vent ébranlait la
maison ou faisait crier la porte sur ses
gonds. Ibrahim paraissait attendre une vi-
site longtemps désirée.

Après un certain temps l'espoir secret qui
l'avait soutenu parut l'avoir tout à fait
abandonné, et il laissa retomber sa tête
affaiblie sur son oreiller. Alors il s'adressa
à Dorothée avec sa douce voix et la pria de
venir près de lui ; et quand elle se fut appro-

chée selon son désir il lui prit la main et la
serra tendrement. De temps à autre un léger
frisson courait par tout son corps sans
altérer cependant la sérénité de son visage :
c'était comme si le souffle glacé d'un vent
d'hiver eût passé sur lui. Pendant qu'il
s'avançait ainsi doucement vers l'éternité en
tenant là main de Dorothée il sembla à celle-
ci que l'avenir apparaissait à ses regards
quoique couvert d'un voile épais, et qu'une
voix intime lui commandait de ne pas
pleurer sur l'enfant qu'elle était destinée à
retrouver bientôt dans la gloire d'une meil-
leure vie.

Mais au moment où les pieds d'Ibrahim
touchaient déjà le seuil des portes éternel-
les, une voix qui frappa son oreille lui fit
trouver assez de force pour retourner de
quelques pas en arrière dans la route qu'il
venait de parcourir. Dorothée s'aperçut à
son émotion qu'il se passait quelque chose
d'extraordinaire ; car, absorbée tout entière
dans la contemplation de l'être chéri dont il

lui fallait se séparer, elle n'avait entendu ni
le bruit de la tempête ni le mouvement qui
s'était fait dans la pièce voisine à l'arrivée
de Catherine. Aux cris que poussait la
pauvre affligée, à ces paroles qu'Ibrahim lui
adressait à elle-même : « Ouvre, amie, car
elle vient... la voici ! » elle comprit tout.

D'ailleurs la mère éplorée était déjà à
genoux auprès du lit de son enfant, qu'elle
pressait en sanglotant sur son cœur. Pour
lui une douce joie se peignit sur son visage ; il regarda sa mère avec amour et lui
dit : — Ne te désole pas, ma bonne mère,
car je suis heureux maintenant...

Ce furent ses derniers mots : l'aimable enfant était mort en les prononçant.

VI

Les ordres du roi eurent pour effet d'arrêter l'effusion du sang dans la Nouvelle-Angleterre ; mais les autorités de ce pays, con-
fiantes dans leur éloignement de la métropole,
et assez mal disposées, du reste, envers un
gouvernement sans pouvoir, n'en poursui-
virent pas moins contre les quakers le cours
de leurs autres rigueurs. Le fanatisme de
Catherine avait acquis une nouvelle violence
depuis qu'aucune affection ne la rattachait
plus à terre. Elle courait au devant de la persécution avec une sorte de rage qui lui faisait affronter en tous lieux la flagellation et
la prison.

Cependant le temps calmait peu à peu la

violence des haines, la secte persécutée pouvait enfin respirer ; l'esprit de tolérance faisait chaque jour de nouveaux progrès, et les
quakers missionnaires cessaient d'être des
objets de réprobation pour devenir des objets
de piété. Les femmes leur offraient le pain
de la charité, et préparaient un lit pour reposer leurs membres fatigués ; les enfants
eux-mêmes n'abandonnaient plus leurs
jeux pour lancer des pierres aux pélerins de
la religion maudite. Alors Catherine comprit
que sa tâche était accomplie ; et elle se retira
dans la maison de Pearson, où elle vécut
désormais.

Dans ce lieu qui avait mourir son enfant,
et où planait encore peut-être son ombre
plaintive et tendre, la violence de ses passions
céda à des sentiments plus doux, l'esprit de
celui qu'elle pleurait sembla être passé en
elle. Bientôt, en effet, sous l'action de cette
douce influence, l'enthousiaste fanatique
devint une sainte et pieuse femme, soumise
envers Dieu, charitable envers les hommes.

La mélancolie, qui avait remplacé en elle le sombre désespoir, imprima sur son visage une expression qui n'inspirait plus la terreur comme autrefois, mais l'intérêt et la sympathie. Chacun avait fini par parler d'elle comme d'une bonne et douce créature, digne d'amour et de pitié, et se montrait disposé en toute circonstance à lui témoigner les égards qu'on doit au malheur et à la vertu. Enfin, elle mourut, un long cortège suivit son modeste cercueil, et plusieurs de ceux qui l'avaient persécutée la conduisirent avec des larmes de regret jusqu'à la fosse qu'on lui creusa près de celle où son enfant l'attendait depuis longtemps.

Limoges. — Imp. MARC BARBOU et Cie.